지금도 네가 보고 싶다

나태주 사랑시집

지금도 네가 보고 싶다

초판 1쇄 발행 2015년 12월 21일
초판 5쇄 발행 2022년 1월 21일

지은이   나태주

펴낸이   김선기
펴낸곳   (주)푸른길
출판등록   1996년 4월 12일 제16-1292호
주소   (08377) 서울시 구로구 디지털로 33길 48 대륭포스트타워 7차 1008호
전화   02-523-2907, 6942-9570~2
팩스   02-523-2951
이메일   purungilbook@naver.com
홈페이지   www.purungil.co.kr

ISBN   978-89-6291-302-6 03810

• 이 도서의 국립중앙도서관 출판시도서목록(CIP)은 서지정보유통지원시스템 홈페이지
(http://seoji.nl.go.kr)와 국가자료공동목록시스템(http://www.nl.go.kr/kolisnet)에서 이
용하실 수 있습니다.(CIP제어번호 : CIP2015033189)

나태주 사랑시집

지금도 네가 보고 싶다

푸른길

분명 꿈이었다

꿈이었다. 잠시 만났는데도 오래 만난 것 같고 오래 만났는데도 잠시 만난 것 같은 그것은 분명 꿈이었다.

나는 나이 든 사람. 그렇지만 그 아이 앞에서 나는 언제나 어린아이였고 먼 곳을 바라보는 눈동자였고 울렁거리는 가슴일 뿐이었다.

그러니 정말로 꿈이 아니고 무엇이겠나. 생애를 두고 여러 차례 밀물져 스쳐 간 차갑고도 쓰린 바닷물 같은 어지럼증. 이번에 찾아온 뱃멀미는 가장 아름답고도 황홀하고도 순결한 것이었다.

이를 일러 나는 하얀 사랑이라 이름을 짓는다. 그 뒤에 시가 남았다. 남았어도 너무 많이 남았다. 버릴 수가 없어 광주리에 담아 여기 거친 야생화 꽃다발로 묶는다.

보시고 좋았더라. 그것은 오로지 독자 분들의 몫. 끝내는 이것도 하나의 꿈일 것이다. 그렇지만 노을빛 혼곤한 지상에 이런 꿈마저 없었다면 그것은 또 얼마나 호젓한 들판 길일까 보냐.

2015년 11월 막날, 나태주 적음

| 실은 순서

아직도 너를 사랑해서 슬프다

지금도 네가 보고 싶다

슬이

언젠가 만났던 여자. 내 마음이 내 생각이 지어낸 여자. 잠시 만나도 오래 만난 것 같고 오래 만나도 잠시 만난 것 같은 여자. 어쨌든 귀엽고 사랑스러운 아이.

키가 작고 귀가 작고 눈이 작고 손발이 작고 그래서 신발까지 작은 여자. 모든 게 작아서 예쁘고 못나서 사랑스럽고 말이 없어 안쓰럽고 잘 웃지도 않아서 마음에 걸리곤 하던 아이.

이제는 세상에 없는 여자. 있다 해도 예전의 그 아이가 아닌 여자. 행운이었다. 슬이를 만난 건 우연이었다. 우리는 누구나 한때 슬이를 만난다. 아니 슬이가 된다. 그리고는 슬이를 잃는다.

너는 또다시 슬이다. 나도 슬이다.

별 · 1

너무 일찍 왔거나 너무 늦게 왔거나
둘 중에 하나다
너무 빨리 떠났거나 너무 오래 남았거나
또 그 둘 중에 하나다

누군가 서둘러 떠나간 뒤
오래 남아 빛나는 반짝임이다

손이 시려 손조차 맞잡아 줄 수가 없는
애달픔
너무 멀다 너무 짧다
아무리 손을 뻗쳐도 잡히지 않는다

오래오래 살면서 부디 나
잊지 말아다오.

별 · 2

제비꽃같이
꽃다지같이

작고도 못생긴
아이

왜 거기
있는 거냐?

왜 거기 울먹울먹
그러고 있는 거냐?

개양귀비

생각은 언제나 빠르고
각성은 언제나 느려

그렇게 하루나 이틀
가슴에 핏물이 고여

흔들리는 마음 자주
너에게 들키고

너에게로 향하는 눈빛 자주
사람들한테도 들킨다.

꽃그늘

아이한테 물었다

이담에 나 죽으면
찾아와 울어줄 거지?

대답 대신 아이는
눈물 고인 두 눈을 보여주었다.

쾌청

참 맑은 하늘
그리고 파랑

멀리 너의 드높은
까투리 웃음소리라도
들릴 듯······.

꿈

네가 보이지 않아
불안해졌다

엉엉 소리 내어
울었다

눈을 떠 보니
볼 위에 눈물이 남아 있었다.

제비꽃

눈이 작은 아이 하나
울고 있네
흐린 하늘 아래

귀가 작은 아이 하나
웃고 있네
해가 떴다고.

멀리서 빈다

어딘가 내가 모르는 곳에
보이지 않는 꽃처럼 웃고 있는
너 한 사람으로 하여 세상은
다시 한 번 눈부신 아침이 되고

어딘가 네가 모르는 곳에
보이지 않는 풀잎처럼 숨 쉬고 있는
나 한 사람으로 하여 세상은
다시 한 번 고요한 저녁이 온다

가을이다, 부디 아프지 마라.

섬에서

그대, 오늘

볼 때마다 새롭고
만날 때마다 반갑고
생각날 때마다 사랑스런
그런 사람이었으면 좋겠습니다

풍경이 그러하듯이
풀잎이 그렇고
나무가 그러하듯이.

11월

돌아가기엔 이미 너무 많이 와버렸고
버리기에는 차마 아까운 시간입니다

어디선가 서리 맞은 어린 장미 한 송이
피를 문 입술로 이쪽을 보고 있을 것만 같습니다

낮이 조금 더 짧아졌습니다
더욱 그대를 사랑해야 하겠습니다.

치명적 실수

오늘 나의 치명적 실수는
너를 다시 만나고
그만 너를 좋아해버렸다는 것이다

네 앞에서 나는 무한히 작아지고
부드러워지고
끝없이 낮아지고 끝내는
사라져버리는 그 무엇이다

네 앞에서 나는 이슬이 되고
바람이 되고 구름이 되기도 한다
보아라, 두둥실 하늘에
배를 깔고 떠가는 저기 저 흰 구름!

핸드폰 시 · 1

– 일요일

너 어디쯤 갔느냐?
어디만큼 가
바람을 보았느냐?
꽃을 만났느냐?
꽃 속에 바람 속에
웃고 있는 나
보지 못했더냐?

핸드폰 시 · 2

— 구름

구름 높은 구름
좋다 내 마음도 높이 떴다

구름 하얀 구름
좋다 내 마음도 하얗다

거기 너도 있다
좋다 너도 웃는 얼굴이다.

핸드폰 시 · 3

- 문자메시지

문자메시지 보내 놓고

기다리고 기다리고 또

기다려도 오지 않는

밤················ 길다.

못난이 인형

못나서 오히려 귀엽구나
작은 눈 찌푸러진 얼굴

애게게 금방이라도 울음보
터뜨릴 것 같네

그래도 사랑한다 애야
너를 사랑한다.

퐁당

어제는 너를 보고 조약돌이라고 말하고
오늘은 너를 보고 호수라고 말했다
어제 조약돌이라고 말한 너를 집어 들어
오늘 호수라고 말한 너를 향해 던져본다
이래도 말을 하지 않을 테냐, 퐁당!

날마다 기도

간구의 첫 번째 사람은 너이고
참회의 첫 번째 이름 또한 너이다.

선물가게 • 1

줄 사람도 만만치 않으면서
예쁜 물건만 보면 자꾸만
사고 싶어지는 마음.

가을밤

너 없이 나 어찌 살꼬?

나무에서 나뭇잎
밤을 새워 내려앉는데

나 없이 너 어찌 살꼬?

밤을 새워 별들은
더욱 멀리 빛이 나는데.

첫사랑

깜깜한 밤이었던가,
창밖에서 맨발로 울고 있는
누군가가 있었다

안쓰러운 생각에
들어오라 창문을 열고
안으로 들어오라 했지만 끝내
들어오지 않았다

다만 하얀 손을 조금
보여줄 뿐이었다.

섬

너와 나
손 잡고 눈 감고 왔던 길

이미 내 옆에 네가 없으니
어찌할까?

돌아가는 길 몰라 여기
나 혼자 울고만 있네.

첫눈

요즘 며칠 너 보지 못해
목이 말랐다

어젯밤에도 깜깜한 밤
보고 싶은 마음에
더욱 깜깜한 마음이었다

몇 날 며칠 보고 싶어
목이 말랐던 마음
깜깜한 마음이
눈이 되어 내렸다

네 하얀 마음이 나를
감싸 안았다.

혼자 있는 날

아침에도 너를 생각하고
저녁에도 너를 생각하고
한낮에도 너를 생각한다

보이는 것마다 너의 모습
들리는 것마다 너의 목소리

너, 지금
어디 있느냐?

좋다

좋아요
좋다고 하니까 나도 좋다.

한 사람 건너

한 사람 건너 한 사람
다시 한 사람 건너 또 한 사람

애기 보듯 너를 본다

찡그린 이마
앙다문 입술
무슨 마음 불편한 일이라도
있는 것이냐?

꽃을 보듯 너를 본다.

떠난 자리

나 떠난 자리
너 혼자 남아
오래 울고 있을 것만 같아
나 쉽게 떠나지 못한다, 여기

너 떠난 자리
나 혼자 남아
오래 울고 있을 것 생각하여
너도 울먹이고 있는 거냐? 거기.

눈 위에 쓴다

눈 위에 쓴다
사랑한다 너를
그래서 나 쉽게
지구라는 아름다운 별
떠나지 못한다.

못나서 사랑했다

잘나지 못해서 사랑했다
사랑하지 않고서는
배길 수 없어서 사랑했다
밥을 먹어도 배가 고프고
물을 마셔도 목이 말라서
사랑했다

사랑은 밥이요
사랑은 물

바람 부는 날 바람 따라 흔들리지
않기 위해서 사랑했다
흐르는 강가에서 물 따라
흘러가지 않기 위해서
사랑했다

사랑은 공기요
사랑은 꿈

너 또한 잘난 사람 아니기에
사랑할 수밖에 없었다
못나서 안쓰럽고
안쓰러워 사랑할 수밖에 없었다
사랑하여 너는 세상에서
가장 예쁜 네가 되었다

사랑은 꽃이요
사랑은 눈물.

살아갈 이유

너를 생각하면 화들짝
잠에서 깨어난다
힘이 솟는다

너를 생각하면 세상 살
용기가 생기고
하늘이 더욱 파랗게 보인다

너의 얼굴을 떠올리면
나의 가슴은 따뜻해지고
너의 목소리 떠올리면
나의 가슴은 즐거워진다

그래, 눈 한번 질끈 감고
하나님께 죄 한번 짓자!
이것이 이 봄에 또 살아갈 이유다.

사진을 자주 찍다

내 눈빛이 닿으면
너는 살아서 헤엄치는
물고기

좋아요 좋아요
물을 거슬러
이리로 오기도 하고

싫어요 참말 싫어요
물길을 따라서
도망치기도 한다

오, 눈부신 은빛
파들파들 햇빛 속에
몸을 뒤채는 비늘이여
지느러미여.

어떤 흐린 날

어디 먼 나라에라도
여행 온 것 같아요

방파제 너머 찰싹이는 바닷물이
너의 말을 들었다

그래그래 지금 우리는 지구라는 별로
여행을 온 거란다

발밑 바람에 흔들리는 개망초꽃이
나의 말에 귀 기울였다

나 떠난 뒤에 너라도 오래 살아
부디 나를 생각해 다오

혼자서 중얼거리는 말을
너는 듣지 못했다.

새우눈

너는 너의 눈이
새우처럼 구부러진 것이
늘 불만이라고 말한다

하지만 나는
너의 눈처럼 예쁜 눈이
이 세상에는 없다고 생각한다

들여다보면 너무나도
맑고 푸르고 깊은
너의 눈

풍덩! 너의 눈 속으로
뛰어들고 싶어 하는 나의
마음을 너는 모를 것이다.

너도 그러냐

나는 너 때문에 산다

밥을 먹어도
얼른 밥 먹고 너를 만나러 가야지
그러고
잠을 자도
얼른 날이 새어 너를 만나러 가야지
그런다

네가 곁에 있을 때는 왜
이리 시간이 빨리 가나 안타깝고
네가 없을 때는 왜
이리 시간이 더딘가 다시 안타깝다

멀리 길을 떠나도 너를 생각하며 떠나고
돌아올 때도 너를 생각하며 돌아온다
오늘도 나의 하루해는 너 때문에 떴다가
너 때문에 지는 해이다

너도 나처럼 그러냐?

하나님께 • 1

또다시 한 사람
남몰래 숨겨 놓고 생각함을
용서해 주십시오

여러 번 되풀이 드리는 말씀이지만
그는 제 마음의 등불입니다
그는 제 마음의 꽃입니다
그가 없으면 하루 한 시간도
견디기 어렵습니다
숨 쉬는 것조차 힘듭니다
그러니 어쩝니까?

그 같은 한 사람
저에게 허락하심을
감사합니다.

하나님께 · 2

하나님 딱 한 번만 눈감아 주십시오

햇빛 밝은 세상에 숨 쉬고 있는 동안
이 조그만 여자 하나
가슴에 품고 살아가는 죄 하나만
용서하십시오

키가 작은 여자
눈이 작은 여자
꿈조차 작은 여자

잠시만 이 여자 사랑하다 감을 용서하소서.

대화

나는 흰 구름에 관심이 많은 사람이라고
말을 했다

너는 자동차나 집에 더 관심이 많은 사람이라고
말을 받았다

그러면 사는 일이 고달플 텐데……
그래도 제 분수껏 잘 살아요

활짝 웃으며 대답하는 너의 얼굴이
더욱 예뻐 보였다.

지상천국

기필코 이 세상에서
천국을 보리라!
골똘히 생각하고 있을 때
네가 내 앞에 와서
웃어 주었다

그러나 그것이 끝내
또 다른 지옥인 줄을
나는 미처 알지 못한다.

나도 모르겠다

네가 웃으면
나도 따라서 웃고
네가 찡그린 얼굴이면
나도 찡그린 얼굴이 된다
네가 어두운 표정을 지으면
더럭 겁이 난다
어디 아픈 것이나 아닐까?
속상한 일이 있는 건 아닐까?

어쩌다 이리 되었는지
나도 모르겠다.

너한테 지고

어제도 너한테 지고
그제도 너한테 졌다
내 마음속엔 네가 많은데
네 마음속엔 내가 없나 봐
어때? 오늘 한 번
져 줄 수는 없겠니?

다짐 두는 말

언제고 오늘처럼 살 수는 없는 일
언젠가는 헤어질 날도 생각해두어야 할 일
헤어진 뒤 아픔이나 슬픔도
이겨낼 수 있어야만 한다
그날에도 네가 마음의 빛이 되고
길이 된다면 얼마나 좋을까?
스스로에게 물어본다.

한 소망

어디서 많이 들어본 말을 빌려
소망한다
저가 나에게 필요한
사람이기 보다는
내가 저에게 필요한
사람이게 하소서
이 세상 끝 날까지
기린과 너구리와 뱁새와
생쥐와 함께.

나무

너의 허락도 없이
너에게 너무 많은 마음을
주어버리고
너에게 너무 많은 마음을
뺏겨버리고
그 마음 거두어들이지 못하고
바람 부는 들판 끝에 서서
나는 오늘도 이렇게 슬퍼하고 있다
나무 되어 울고 있다.

네 앞에서 · 1

이상한 일이다
네 앞에서는 이야기가
엉뚱한 방향으로 나간다
기분 좋은 이야기를 하려고 했는데
기분 나쁜 이야기가 되고
사과하는 이야기를 하고 싶었는데
화를 내는 이야기가 되고 만다
공연히 허둥대고 서둔다
내 마음을 속이고 포장하고
엉뚱한 표정을 짓고 엉뚱한 말을 한다
내가 하려던 말은 무엇이었을까?
정말로 내가 하고 싶었던 이야기를 네가
알아들을 수 있었다면 얼마나 좋을까?
이것은 참 어림도 없는 욕심이고 바램이다.

네 앞에서 · 2

오늘 나는
네 앞에서 한없이
작아지고 초라해진 그 무엇

네 눈빛 하나에
불행해지기도 하고 또
행복해지기도 하는
가녀린 풀잎

네 목소리 하나에
빛을 잃기도 하고
반짝이기도 하는
가벼운 나뭇잎

도대체 너는 나에게
무엇이고
나는 너에게 무엇이냐?

적어도 오늘 너는
허물 수 없는 견고한 성곽이고
정복되지 않는 하나의
작은 왕국이다.

멀리

내가 한숨 쉬고 있을 때
저도 한숨 쉬고 있으리
꽃을 보며 생각한다

내가 울고 있을 때
저도 울고 있으리
달을 보며 생각한다

내가 그리운 마음일 때
저도 그리운 마음이리
별을 보며 생각한다

너는 지금 거기
나는 지금 여기.

약속

달빛이 있는 곳까지만 함께 가자
손가락 걸었다
풀벌레소리 있는 곳까지
개울물소리 나는 곳까지만 함께 가자
손가락 걸었다
끝내 마음이 있는 곳까지만
함께 가자
오늘 바로 그랬다.

까닭 · 1

꽃을 보면 아, 예쁜
꽃도 있구나!
발길 멈추어 바라본다
때로는 넋을 놓기도 한다

고운 새소리 들리면 어, 어디서
나는 소린가?
귀를 세우며 서 있는다
때로는 황홀하기까지 하다

하물며 네가
내 앞에 있음에랴!

너는 그 어떤 세상의
꽃보다도 예쁜 꽃이다
너의 음성은 그 어떤 세상의
새소리보다도 고운 음악이다

너를 세상에 있게 한 신에게
감사하는 까닭이다.

대답

많고 많은 대답 가운데
가장 좋은 대답은
네……

그럴 수 없이 순하고
겸손하고 더 이상 낮아질 수 없이
낮아진 대답

오늘 네가 나에게 보내준
네……
바로 그 한마디

언젠가는 나도 너에게
그 말을 돌려주고 싶다.

져주는 사랑

사랑 가운데는
져주는 사랑이 가장 좋은 사랑이고
슬그머니 눈감아줄 줄 아는 사랑
기다릴 줄 아는 사랑이 좋은 사랑이라는데
일찍이 그런 사랑을 배우지 못했던 것이다

사랑은 어디까지나 다투는 것이고
쟁취하는 것이고 빼앗는 것이고
때로는 구걸까지도 마다하지 않는
몰염치라고 잘못 알았던 것이다

어쩔래? 많이 늦었지만
그런 사랑을 좀 가르쳐주지 않겠니?
너에게 부탁한다.

부탁이야

오래가 아니야 조금
많이가 아니야 조금
네 앞에서 잠시
앉아있고 싶어

나는 왜 내가 이렇게 되었는지
나도 잘 모르겠어

금방 보고 헤어졌는데도
보고 싶은 네 얼굴
금방 듣고 돌아섰는데도
듣고 싶은 네 목소리

어둔 하늘 혼자서 반짝이는 나는 별
외론 산길에 혼자서 가는 나는 바람

웃는 네 얼굴 조금만 보고
예쁜 목소리 조금만 듣고
이내 나는 떠나갈 거야
그렇게 해줘 부탁이야

나는 왜 내가 이렇게 되었는지
나도 잘 모르겠어.

가을의 차

찬바람 분다
차 한 잔 하자

따습게 우려낸 찻물로
비린 입술 적시고
고쳐서 바라보는 세상

오늘따라 너의 모습이
고와 보인다.

하나님만 아시는 일

사랑하는 사람 있지만
이름을 밝힐 수 없어요

이름을 밝히면 벌써
그 마음 변하기 때문이지요

혼자서도 떠오르는 얼굴 있지만
얼굴을 알려줄 수 없어요

얼굴을 알려주면 벌써
그 마음 사라지기 때문이지요

그것은 오직
하나님만 아시는 일이에요.

목련꽃 낙화

너 내게서 떠나는 날
꽃이 피는 날이었으면 좋겠네
꽃 가운데서도 목련꽃
하늘과 땅 위에 새하얀 꽃등
밝히듯 피어오른 그런
봄날이었으면 좋겠네

너 내게서 떠나는 날
나 울지 않았으면 좋겠네
잘 갔다 오라고 다녀오라고
하루치기 여행을 떠나는 사람
가볍게 손 흔들듯 그렇게
떠나보냈으면 좋겠네

그렇다 해도 정말
마음속에서는 너도 모르게
꽃이 지고 있겠지
새하얀 목련꽃 흐득흐득
울음 삼키듯 땅바닥으로
떨어져 내려앉겠지.

말은 그렇게 한다

너 떠난 뒤
너 없이 나
어떻게 살 것인지
모르지만

나 떠난 뒤
나 없이도 너
잘 살아라
씩씩하게 살아라

아침에 새로 피는
꽃처럼
한낮에 하늘 나는
새처럼

말은 그렇게 한다.

웃기만 한다

하나님은 나를 사랑하시고

하나님이 사랑하시는 나는
너를 사랑한다

내가 사랑하는 너는
누구를 사랑하느냐?

너는 웃기만 한다.

민낮

아버지 일찍
저 세상으로 보내고 며칠
다시 출근한 어린 딸
찬물에 씻어 처연한 눈빛
약간은 파래진 입술.

보석

가질 수 없지만 갖고 싶다

주얼리 가게에 진열된
나비 모양의 귀걸이

저 귀걸이 하고 다닐
어여쁜 아이

팔랑팔랑 또 하나
나비 되어 다닐 아이

옆에 없는 네가 더 예쁘다.

그 애의 꽃나무

그 애가 예뻐졌어요
몰라보게 예뻐졌어요
내가 그 애를 사랑해줘서
그런 것만은 아니에요
나 말고도 더 많은 사람들
그 애를 사랑해줘서 그렇지요

그건 확실히 그래요
꽃나무들도 사랑받을 때
예뻐지고 가장 예쁜 꽃을 피운다 하지요
햇빛의 사랑으로
바람과 이슬과 빗방울의 사랑으로
가장 예쁜 잎을 내밀고
가장 예쁜 꽃을 피운다 하지요

그래서 그 애는 꽃나무예요
나에게 꽃나무이고
나 말고도 많은 사람들에게 꽃나무예요
우리들이 피운 그 애의 꽃
오래오래 지지 않기를 빌어요.

사랑은 비밀

그것은 언제나 비밀

한 사람과 또 한 사람의
중간 어디쯤 허공에
매달려 있는 조그만 화분
거기 자라는 이름 모를 화초

사람들에게 알려졌을 때
그것은 죽어버리고 만다

새봄도 어디까지나 비밀

겨울과 여름 사이 어디쯤
이상한 어지럼증이거나 소용돌이
알지 못할 꽃빛깔이거나
맴돌고 있는 새소리

사람들이 눈치 챘을 때
새봄은 이미 사라져버리고 만다.

문자메시지

머나먼 우주 공간을 가면서
외로운 별 하나가 역시
외로운 별 하나에게 소식을 전하듯
오늘도 나는 너에게
문자메시지를 보낸다

너 지금 어디서 무엇을 하고 있니?
누구랑 같이 있는 거니?
여기서 보는 하늘은 맑고
하늘엔 구름이 떴어
거기 하늘은 어때?

만나지 못하고 지내는
토요일이나 일요일 혹은
공휴일 며칠
보고 싶어서 다시는
만나지 못할 것만 같아서.

너의 봄

봄이 와 슬프냐고 물으면
너는 안 그렇다고 말한다

봄이 와 가슴이 울렁거리느냐고 물으면
너는 살그머니 고개를 흔든다

봄이 와 울고 싶으냐고 물으면
너는 무심한 눈빛으로 먼 하늘을 한번 바라본다

봄이 와 슬프고 가슴이 울렁거리고
울고 싶은 사람은 나

봄이 와도 너는 다만
단발머리가 예쁜 아가씨.

별을 사랑하여

말갛게 푸르게 개인 하늘이었다가
흰 구름이었다가 흐린 날이었다가
천둥번개였다가 깜깜한 밤이었다가

아니, 아니,
호들갑스런 새소리였다가 명랑한 물소리였다가
나비 날개의 하느적임이었다가
바람에 몸을 뒤채는 수풀이었다가

너를 생각하면 나는
오만가지 마음으로 변하고
너를 만나면 다시
오만가지 변덕을 부리곤 한다

허지만, 허지만 말이다
너를 사랑함으로 하여
더욱 내가 순해지고 깊어지고
끝내는 구원받는 그 어떤 사람이고 싶은 것

이것이 나의 마지막 소원이기도 하다.

물고기

다릿목 위에서 한참동안
개울을 내려다보고 있었다

봄이 와 반짝이며 흐르는 개울물
빠르게 흐르는 물살 속에 물고기들이
떼를 지어 헤엄치고 있었다

한참을 그러고 있노라니
모여 있던 물고기들이 하나씩 흩어져
상류 쪽으로 올라가고 있었다

슬아, 왜 물고기들이
저렇게 도망치는 줄 알아?
글쎄요……
그건 우리가 쳐다보고 있기 때문이야
그런 게 어딧써요……

아니야, 물고기들이 아무래도
옷 벗은 게 부끄러운 모양이야
치……

너는 하얗게 눈을 흘긴다
이런 땐 너도 또 하나의
물고기가 된다.

또다시 묻는 말

또다시 사랑은 무엇일까?
아무리 생각해보아도 그것은
얼만큼 거리를 두고 바라다보는 것

그렇다! 너를
산을 바라보듯 바라보고
강물을 바라보듯 바라보고
꽃을 바라보듯 바라보는 것

그리하여 네가
산이 되게 하고
강물이 되게 하고
드디어 꽃이 되게 하는 것

때로는 네 옆에서 나도
산이 되어보고
강물이 되어보고
꽃이 되어보기도 하는 것.

물푸레나무 그늘 아래

꽃이 피어 있었을까?
새가 울고 있었을까?
그런 것은 몰라도 좋았다

얘, 발을 좀 보여주지 않을래?
부끄러워서 싫어요

꽃이 피어 있었을까?
새가 울고 있었을까?
그런 것은 다시금 몰라도 좋았다

얘, 물이 차고 맑은데 우리
개울물에 발을 좀 담그지 않을래?
그럴까요……

맑은 물 푸르게 흐르고
물푸레나무들 그늘 또한
맑고 푸르게 흐르는 개울가

네 조그만 맨발에 올망졸망 매달린
조그만 발가락들이 콩꼬투리 팥꼬투리처럼
꼬물대는 것이 너무나도 귀여워서 나는
속으로 웃음이 나왔다.

딸

울지 마라 아이야
아버지 일찍 떠나보내고
울고 있는 어린 딸아이보다 더
안쓰러운 모습이 어디에 있으랴
울지 마라 아이야
네가 너무 울면 아버지
가던 길 뒤돌아보느라
가지 못한단다.

아버지

햇빛이 너무 좋아요, 아버지
어제까지 보지 못하던 꽃들이 피었구요, 아버지

오늘 아침엔 우리집 향나무 울타리에
이름 모를 새들이 한참동안 울다가 갔어요

환한 대낮에는 견딜 만하다가도
아침저녁으로는 못 견디겠는 마음이에요

아침 밥상 앞에 보이지 않는 아버지를 문득 찾고요
어두워지는 대문간에 저벅저벅 발자국 소리 들어요

지금은 눈물도 그쳤구요, 아버지
그냥 보고 싶기만 할 뿐이에요.

화살기도

아직도 남아 있는 아름다운 일들을
이루게 하여 주소서
아직도 만나야 할 좋은 사람들을
만나게 하여 주소서
아멘이라고 말할 때
네 얼굴이 떠올랐다
퍼뜩 놀라 그만 나는
눈을 뜨고 말았다.

쑥부쟁이

오늘도 너의 마음 하나
얻지 못하여 쓸쓸한 날
혼자서 산길을 가면서
가을꽃 본다

무얼 그러시나요?
살아 있는 목숨만이라도
고마운 일 아닌가요?
쑥부쟁이 연한 바다 물빛
꽃송이를 흔든다.

이별 예감

장마 그쳐 갠 하늘
말간 하늘 바람 불어
흰 구름이 점점 높아간다

단층집에서 2층, 3층집으로
드디어 고층아파트
대저택, 대리석 궁전으로…

그런데, 그런데 말이다
저 높은 곳에서 네가 나를 바라보고
있다면
내가 또 너를 내려다보고 있다면…

그런데, 그런데 말이다
네가 나를 끝내 알아보지 못하고
나도 너를 알아보지 못한다면…

어쩔까, 그 안타까움 어쩔까,
생각만으로도 미리
가슴 쩌릿하다.

그 아이

날마다 마음의 빛
어디서 오나?
그 아이한테서 오지

날마다 삶의 기쁨
어디서 오나?
여전히 그 아이한테서 오지

그 아이 있어
다시금 반짝이고
싱그러운 세상

그 아이에게 감사해
날마다 빛을 주고
기쁨 주는 그 아이에게 감사해.

꿈처럼 오는 생각

얼른 날이 밝아 그 아이를 만나고 싶다

새우눈과 조붓한 입술을 가진 아이
미지의 바다 풍경과 바다 냄새를
데리고 다니는 아이

새우눈으로 더 멀리 아득한
처음 보는 것들을 보자
조붓한 입술로 바다 밑 신비스런
이야기를 속삭여다오

매캐한 목마름 같은 것을
끝없이 불러다 안겨주는 아이
그 아이도 이런 나의 마음을 알까?

이것이 우선 오늘은 나를 살리는 힘이고
꿈처럼 오는 생각이다.

오는 봄

나쁜 소식은 벼락 치듯 오고
좋은 소식은 될수록 더디게
굼뜨게 온다

몸부림치듯, 몸부림치듯
해마다 오는 봄이 그러하다
내게 오는 네가 그렇다.

도깨비 사랑

빚을 갚고서도 또 갚는 것이
도깨비의 셈법이다
주었다는 사실조차
잊어버리는 것이 도깨비의 사랑이다

오늘 내가 너에게 주는 사랑은
도깨비 사랑
이미 준 것 잊어버리고
똑같은 것을 또다시 준다.

기다리는 시간

기다리는 시간이 길다

번번이 조그맣고 둥그스름한 어깨
치렁한 머릿칼
작지만 맑고도 깊은 눈빛은
쉽게 나타나주지 않는다

기다리는 시간은 짧아도 길다

저만큼 얼핏 눈에 익은 모습 보이고
가까이 손길 스치기만 해도
얼마나 나는 가슴 찌릿
감격해야만 했던가

혼자서 돌아가는 외로운 지구 위에서
언제나 나는 기다리는 사람
그러나 기다리며 산 시간들
촘촘하고 질기고 아름다웠다고 말하리.

사랑은 언제나 서툴다

서툴지 않은 사랑은 이미
사랑이 아니다
어제 보고 오늘 보아도
서툴고 새로운 너의 얼굴

낯설지 않은 사랑은 이미
사랑이 아니다
금방 듣고 또 들어도
낯설고 새로운 너의 목소리

어디서 이 사람을 보았던가…
이 목소리 들었던가…
서툰 것만이 사랑이다
낯선 것만이 사랑이다

오늘도 너는 내 앞에서
다시 한 번 태어나고
오늘도 나는 네 앞에서
다시 한 번 죽는다.

그 말

보고 싶었다
많이 생각이 났다

그러면서도 끝까지
남겨두는 말은
사랑한다
너를 사랑한다

입속에 남아서 그 말
꽃이 되고
향기가 되고
노래가 되기를 바란다.

한마디

오늘은 맑은 날
어디든 시외버스를 타고
다녀올까 그래

보낸 문자메시지에
이내 답해준 한마디
네 어디든 잘 다녀오세요

차마 아까워 지우지 못한다.

귀걸이

반짝!
너무 예쁘다
다시 한 번
보여주지 않을래?

사는 법

그리운 날은 그림을 그리고
쓸쓸한 날은 음악을 들었다

그리고도 남는 날은
너를 생각해야만 했다.

차가운 손

번번이 손이 차가워 미안합니다

그렇다고 마음까지
차가운 건 아니랍니다
오히려 마음은 뜨겁고 수줍고
자주 설레기까지 한 사람입니다

당신도 손이 차가운 사람이라고요?

그렇다면 당신도
마음이 뜨겁고 수줍고
자주 가슴이 설레는 사람이라
믿어도 되겠군요

당신의 차가운 손이 오히려 내게는
따뜻한 손입니다.

넝쿨손

저 하늘 저 들판이
마지막으로 바라보는 풍경이라면!
저 새소리 물소리 풀벌레소리가
마지막으로 듣는 세상의 음성이라면!

아, 지금 웃고 있는 너의 얼굴이
세상에서 마지막으로 보는
사랑하는 사람의 얼굴이라면!

높은 담장 꼭대기까지
더듬어 올라간 나팔꽃 줄기 끝
허공을 향하여 바르르 떨고 있는
넝쿨손을 나는 지금 보고 있다.

황홀극치

황홀, 눈부심
좋아서 어쩔 줄 몰라 함
좋아서 까무러칠 것 같음
어쨌든 좋아서 죽겠음

해 뜨는 것이 황홀이고
해 지는 것이 황홀이고
새 우는 것 꽃 피는 것 황홀이고
강물이 꼬리를 흔들며 바다에
이르는 것 황홀이다

그렇지, 무엇보다
바다 울렁임, 일파만파, 그곳의 노을,
빠져 죽어버리고 싶은 충동이 황홀이다

아니다, 내 앞에
웃고 있는 네가 황홀, 황홀의 극치다

도대체 너는 어디서 온 거냐?
어떻게 온 거냐?
왜 온 거냐?
천 년 전 약속이나 이루려는 듯.

측은지심

너는 눈썹이 예쁜 아가씨
키가 좀 작고 눈이 좀 작고
손가락 발가락이 좀 짧지만
머리칼이 치렁한 아가씨

말을 걸거나 부르면 너는
상냥한 목소리로 네, 하고 대답한다
그러나 그 네, 라는 대답이
다른 사람과는 많이 다르다

네 ― 길게 시원스럽게 하는 대답이 아니라
네 · 짧게 반만 끊어서 하는 대답이다

무언가 많이 모자란 듯한
네 · 라는 반쪽짜리 대답 속에
아쉬움이 있고
섭섭함이 있고
안쓰러움이 있다

네 · 하는 짧은 반쪽짜리
너의 대답의 나머지를
채워주고 싶은 것이
언제나 나의 사랑이었다.

초라한 고백

내가 가진 것을 주었을 때
사람들은 좋아한다

여러 개 가운데 하나를
주었을 때보다
하나 가운데 하나를 주었을 때
더욱 좋아한다

오늘 내가 너에게 주는 마음은
그 하나 가운데 오직 하나
부디 아무 데나 함부로
버리지는 말아다오.

꽃 • 1

다시 한 번만 사랑하고
다시 한 번만 죄를 짓고
다시 한 번만 용서를 받자

그래서 봄이다.

꽃 · 2

예쁘다는 말을
가볍게 삼켰다

안쓰럽다는 말을
꿀꺽 삼켰다

사랑한다는 말을
어렵게 삼켰다

섭섭하다, 안타깝다,
답답하다는 말을 또 여러 번
목구멍으로 넘겼다

그리고서 그는 스스로 꽃이 되기로 작정했다.

이 봄날에

봄날에, 이 봄날에
살아만 있다면
다시 한 번 실연을 당하고
밤을 새워
머리를 벽에 쥐어박으며
운다 해도 나쁘지 않겠다.

이 가을에

아직도 너를
사랑해서 슬프다.

사랑이 올 때

가까이 있을 때보다
멀리 있을 때
자주 그의 눈빛을 느끼고

아주 멀리 헤어져 있을 때
그의 숨소리까지 듣게 된다면
분명히 당신은 그를
사랑하기 시작한 것이다

의심하지 말아라
부끄러워 숨기지 말아라
사랑은 바로 그렇게 오는 것이다

고개 돌리고
눈을 감았음에도 불구하고.

이별

지구라는 별
오늘이라는 하루
두 번 다시 만나지 못할
정다운 사람인 너

네 앞에 있는 나는 지금
울고 있는 거냐?
웃고 있는 거냐?

선물 · 1

선물을 주고 싶다고?
선물은 필요치 않아
네 얼굴과 네 목소리와 너의 웃음이
나에겐 선물이야
너 자신이 나에겐
그 무엇과도 바꿀 수 없는
오직 하나뿐인 선물이야

네가 그걸 알기나 하는지 모르겠다.

제비꽃 사랑

감춰놓고 기르는
딸아이 보듯

너를 본다

봄은 왔느냐?
또다시 통곡처럼
봄은 오고야 말았느냐?

어미 잃은
딸아이 보듯

숨어서 너를 본다.

감동

진정 한 사람의 마음을 얻고
참된 동의를 얻는다는 것

진정 한 사람의 사랑을 받고
또 그를 사랑한다는 것

그보다 더 귀한 감동이
세상에 또 있을까?

문득 잠에서 깨어 울고 있는 나를
당신은 지금 보지 못할 것이다

지구 건너편에서
또 이편에서.

그런 사람으로

그 사람 하나가
세상의 전부일 때 있었습니다

그 사람 하나로 세상이 가득하고
세상이 따뜻하고

그 사람 하나로
세상이 빛나던 때 있었습니다

그 사람 하나로 비바람 거센 날도
겁나지 않던 때 있었습니다

나도 때로 그에게 그런 사람으로
기억되고 싶습니다.

별짓

어제 사서 감추어가지고 온 귀걸이를 아침에 내밀었다
아이 뭘
쫑알대며 받아서 걸어보는 너의 귀가 조그만 나비처럼 예뻤다

점심때 함께 식사하고 나오며 네 신발을 가지런히 돌려주었다
아이 뭘
신을 신는 너의 두 발이 꼭 포유동물의 눈 못 뜬 새끼들처럼 귀여
웠다

오후에 가게에서 소프트아이스크림을 사들고 뛰어와 너에게 주
었다
아이 뭘
아이스크림을 베어 무는 너의 입술이 하늘붕어처럼 사랑스러웠다

아이 뭘…
내가 별짓을 다한다.

장식

애당초
못생겨서 좋아했다
뭉뚱한 키 조그만 몸집
찌뿌둥한 얼굴

귀여워서 사랑했다
맑은 이마 부드러운 볼
치렁한 머리칼

언제든 네 조그만 귀에는
새로운 귀걸이를
달아주고 싶었다

언제든 네 머리칼에는
어여쁜 머리핀을
꽂아주고 싶었다.

고백

좋은 것만 보면 무어든
네 생각이 나고
어여쁜 경치 앞에서도
네 얼굴이 떠올라

어떻게든 너에게
선물하고 싶지만
번번이 그럴 수는 없어

안달하다가 무너져 내리다가
절벽이 되고 산이 되고
끝내는 화닥화닥 불길로
타오르는 꽃나무

이것이 요즘
너를 향한 나의 마음이란다.

꽃 · 3

예뻐서가 아니다
잘나서가 아니다
많은 것을 가져서도 아니다
다만 너이기 때문에
네가 너이기 때문에
보고 싶은 것이고 사랑스런 것이고 안쓰러운 것이고
끝내 가슴에 못이 되어 박히는 것이다
이유는 없다
있다면 오직 한 가지
네가 너라는 사실!
네가 너이기 때문에
소중한 것이고 아름다운 것이고 사랑스런 것이고 가득한 것이다
꽃이여, 오래 그렇게 있거라.

너에게 감사

사랑하는 사람들 사이에서는
더 많이 사랑하는 사람이
단연코 약자라는 비밀

어제도 지고
오늘도 지고
내일도 지는 일방적인 줄다리기

지고서도 오히려
기분이 나쁘지 않고
홀가분하기까지 한 게임

사랑하는 사람들 사이에서는
더 많이 지는 사람이
끝내는 승자라는 비밀

그걸 깨닫게 해준 너에게
감사한다.

마음의 용수철

사람의 마음은 이상한 용수철 같다
감으면 풀리는 용수철이 아니라
풀어놓으면 어느 사이
저절로 감기는 그런 용수철 말이다
미워하는 마음이 그렇고
섭섭한 마음이 그렇고
슬픈 마음 외로운 마음이 그렇고
너 보고 싶은 마음이 또한 그렇다.

마음의 길

사람이 다니면 사람의 길이 생긴다
바람이 다니면 바람길이 되고
물이 다니면 물길이 열린다
쥐나 새가 오가면
쥐나 새들의 길이 생기는 것처럼
마음이 오가면
마음길이 열린다
애야,
제발 비껴 있지 말거라
봉숭아 꽃물 들인 손으로 가을꽃 꺾어 가슴에 안고
기다리지 않아도 좋다
빈손이라도 좋고
찡그린 얼굴이라도 좋으니
내가 찾아가는 마음길 맞은편
허전하게 비워 두지는 말아다오.

오밤중

공연한 일을 했나 보다
문자메시지 보내 놓고
자꾸만 핸드폰으로 가는 눈길
고요한 밤 시간을 그만
망쳐놓고 말았다.

카톡

보내도 보내지 않는다
헤어져 있어도
가까이 숨소리
놓치지 않는다

여기요 여기
나 여기 있어요
귓가에서 여전히
서성이고만 있는 너.

몽유

못나서 좋아졌다고 했다
가여워서 사랑했다고 했다

어쩌면 좋으냐!
어쩌면 좋단 말이냐!

쉽사리 돌아서지도 못하는
절벽 앞

꿈속에서도 너를
찾아 헤맨다.

사랑에 답함

예쁘지 않은 것을 예쁘게
보아주는 것이 사랑이다

좋지 않은 것을 좋게
생각해주는 것이 사랑이다

싫은 것도 잘 참아주면서
처음만 그런 것이 아니라

나중까지 아주 나중까지
그렇게 하는 것이 사랑이다.

왼손

너는 오른손잡이
오른손으로 글씨를 쓰고
가위질을 하고 과일도 깎는다
머리를 빗기도 하고 좋은 사람과
악수도 나눈다

그러나 나는 너의 왼손을 사랑한다
우리 악수 좀 하자
우리의 악수는 오른손과 왼손으로 하는 악수
나의 오른손으로 너의 왼손을 잡아본다

내 오른손 안에 쥐어지는 보드랍고
조그맣고 따스한 너의 왼손은 차라리
조그만 산새 파들거리는 물고기
산들바람 한 줌

금방이라도 도망가려는 듯

파들거린다 몸을 뒤챈다

녀석아 조금만 더 가만히 있으렴!

우리들에겐 시간이 그렇게 많은 게 아니란다.

큰일

조그만 너의 얼굴
너의 모습이
점점 자라서
지구만큼 커질 때 있다

가느다란 너의 웃음
너의 목소리가
점점 커져서
지구를 가득 채울 때 있다

이거야말로 큰일,
사랑이 찾아온 것이다.

느낌

눈꼬리가 휘어서
초승달
너의 눈은 … 서럽다

몸집이 작아서
청사과
너의 모습은 … 안쓰럽다

짧은 대답이라서
저녁바람
너의 음성은 … 섭섭하다

그래도 네가 좋다.

며칠

눈이 짓무른다는 말이
맞다

눈에 밟힌다는 말이
맞다

너 못 보고 지내는
며칠

귀에 쟁쟁쟁 울린다는 말이 또다시
맞다

소낙비 와 씻긴 돌각담
아래

채송화 봉숭아 함께 나도
울보다.

혼자만 생각했을 때

가지 마, 가지 마,
가지 마

바람이 구름을 잡고
울먹이고 있다

그냥 있어줘, 그냥 있어줘,
그냥 있어줘

구름이 바람에게
통사정하고 있다

꽃들이 보고 웃는다.

그리하여, 드디어

어찌 너의 어여쁨만
사랑한다 하겠느냐
어찌 너의 사랑스러움만
아낀다 하겠느냐

오히려 너의 모자람이
나의 아픔이 되었고
너의 실패, 너의 슬픔이
나의 사슬이 되었다

그리하여
나는 날마다 순간마다
너의 모자람을 끌어안는다
너의 실패 너의 슬픔을
나의 것으로 한다

드디어 너는
나와 하나가 된다.

태안 가는 길

오래 보고 싶겠다
오래 생각 서성이고
오래 목소리 떠오르고
오래 코끝에 향기 맴돌겠다
다시 만날 때까지
끝내 만나지 못할 때까지.

멀지 않은 봄

어디에 있지?
두리번거릴 때
나 여기 있어요
곁에 와 말하곤 하던 너

어디에 있지?
중얼거릴 때
나 여기 있잖아요
숨소리로 말하곤 하던 너

바람이냐? 너는
나뭇잎이냐?
별빛이냐?

네가 만약 내 마음속

파랑새라면

이젠 가거라

가서 넓은 세상 살아라

봄이 멀지 않았다.

묻지 않는다

처음엔 언제 갈 거냐
언제쯤 떠날 거냐
조르듯 묻곤 했다

언제까지 내 곁에
있어줄 거냐, 또
따지듯 묻기도 했다

그러나 이제는
아무 것도 묻지 않는다
묻지 않기로 한다

다만 곁에 있는 것만 고마워
숨소리 듣는 것만이라도
눈물겨워

저 음악 한 곡

마칠 때까지만이라고

말을 한다

커튼 자락에 겨울 햇살

지워질 때까지만이라고

또 말을 한다.

외면

얼굴이 많이 야위셨네요
며칠 사이

너의 얼굴 보지 못해 그러함을
너는 잠시 모른 척 눈을 감는다.

응답

그 애를 앞으로도 더욱
깨끗한 마음으로
사랑하게 해주십시오

기도하고 눈을 떴을 때
산마루에 높이 걸린 구름이
모양을 바꾸고 있었다

캐나다에까지 와서
하나님이 나의 기도를
들어주신 것이다.

다시 제비꽃

너를 알고 난 다음부터
눈이 작은 여자가 좋았다
키 작은 여자도 좋았다
보기만 해도 가슴이 철렁했다

짧은 봄이 오래도록 떠나지 않았다.

꽃잎

철없음이여 당당함이여
함부로 여기저기 아무렇게나
흩어진 입술들이여

니들이 말하는 것은 무엇이든
사랑이 되고 노래가 되고
영원이 되지만

때로는 죽음, 깜깜한
적막이 되기도 한다
두려운 벼랑이 되기도 한다.

어린 사랑

어느 날
그 애에게 물었다

아직도 내가 너한테
필요한 사람이니?

말없이 그 애는
고개를 끄덕였다

두 눈 가득
눈물이 고여 있었다.

오리 눈뜨다

까무러쳤던 사람이 문득
정신 차려 눈을 떴을 때
흐린 눈에 비친 하늘
하늘의 드넓음
나무에 앉았다 가는 바람
바람의 시원함
휘익 빗금으로 나르는 새
깃털의 가벼움
무엇보다도 망막 가득 채워지던 햇빛
햇빛의 눈부심
오늘은 바로 너!
바다 물결로 출렁대는
다만 부드럽고도 긴 생 머리칼.

이슬

사랑한다고 말하고
사랑하느냐 물어도
말이 없었다

보고 싶었다고 말하고
보고 싶었느냐 물어도
대답이 없었다

자주 생각했다고 말하고
생각이 났었느냐 물어도
여전히 대답이 없었다

다만 이슬
맑고 푸르고 고요한 두 눈에
이슬을 머금었을 뿐이다

그렇게 그녀는 떠났다
떠나서 오래 소식이 없었다
그러나 생각은 떠나지 않았다

오늘 아침 새로 핀 꽃잎에
구슬로 맺혀있는 이슬을 본다
그녀가 돌아와 울고 있었던 것이다.

꽃 · 4

웃어도 웃고 울어도 웃고 입을 다물어도 웃고 입을 벌려도 웃고
앉아서도 웃고 서서도 웃고 누워서도 웃기만 하는 너! 숨이 넘어가
면서도 웃을 너! 아주 많은 너! 결국은 나!

가을도 저물 무렵

낙엽이 진다
네 등을 좀 빌려주렴
네 등에 기대어 잠시
울다 가고 싶다

날이 저문다
네 손을 좀 빌려주렴
네 손을 맞잡고 함께
지는 해를 바라보고 싶다

괜찮다 괜찮다
오늘은 이것으로 족했다
누군가의 음성을 듣는다.

수수꽃다리

그 마을에 가서
외진 그 마을에 가서
계집애 하나 만났네

못생기고 조그맣고 키 작은 아이
새초롬 웃음이 수줍은 아이
안쓰러워라 안쓰러워라

연보랏빛 웃음 바람에 날릴 때
영영 돌아오지 않고
그 마을에 살고 싶었네.

후회

이담에 이담에 나는 너에게
사랑한다는 말을 너무 여러 번 한 것을
후회할 것이고

너는 한 번도 나에게
사랑한다는 말을 하지 않은 것을
후회할지도 모른다.

영산홍

네가 좀 더 보고 싶지 않아졌으면 좋겠다

바람에 부대끼다가
통째로 모가지 떨구고
모래밭에 뒹구는
붉은 꽃들의 허물

나도 너에게 좀 더 가벼운 사람이었으면 좋겠다.

입술

시월,

강물이 곧바로 보이는 유리창은 너무나 밝고
내 앞에 앉아있는 너는 너무 가깝다
분홍빛 잇몸 새하얀 이 맘껏 드러내놓은 채
웃고 있는 너는 너무 이쁘다

잘 익은 석류를 꿈꾼다
가슴이 콱 메어온다
떫은 감을 씹은 듯 가슴이 먹먹해져서
주먹으로 가슴을 치는 나를 보고 너는 또 웃는다

너의 입술은 활짝 피어 붉은 꽃
너의 입술 두 개만 남기고
나의 세상은 그만 눈을 감는다.

매니큐어

네 예쁜 손가락을 위해 반지를 사고
네 귀여운 귀를 위하여 귀걸이를 산 것처럼
네 사랑스런 손톱과 발톱을 위해
나는 오늘 매니큐어를 사고 싶다

올해 유행하는 색깔은 깜장색
분홍이나 보라도 아니고 깜장색
에라 모르겠다
깜장색 매니큐어 한 개를 산다

깜장색 매니큐어에 갇힌 네
손톱과 발톱
암흑으로 반짝이는 네 열 개의
발톱과 손톱

너의 손톱과 발톱은 여전히

귀엽고 사랑스럽다

그만큼의 절망과 좌절과 감옥

이런 때는 까만색도

빛나는 색이 되고

희망과 기쁨의 색깔로 바뀌게 된다.

칸나

어디로 가야 너를 만날 수 있을까?
꽃들은 시들고
나뭇잎은 나무에서
내려오기 시작하는데

뜨락의 저 붉은 칸나
시들 때 시들지 못하는
초록빛 너른 치마
저 붉은 입술, 입술

떠날 때 떠나지 못하는
누군가의 슬픔이여
잊을 것을 잊지 못하는
안쓰러운 목숨이여

어디로 가면 너를 다시 만날 수 있을까?
이 가을에 이 가을,
이 가을에.

소망

많은 것을 알기를
꿈꾸지 않는다

다만 지금, 여기
내 앞에서 웃고 있는 너

그것이 내가 아는 세상의
전부이기를 바란다.

그 아이

우선 조그맣다
동글 납작
보기만 해도 안쓰럽고
목소리 듣기만 해도
눈물이 글썽

목이 멘다.

마른 꽃

가겠다는 말
차마 하지 못하고

헤어지자는 말
더더욱 하지 못하고

망설이고만 있다가
더듬거리고만 있다가

차마 이루지 못한 말로
굳어지고 말았다

고개를 꺾은 채
모습 감추지도 못한 채.

작은 깨침

사랑!
예쁘지 않은 것을
예쁘게 보아줌

믿음!
믿을 수 없는 것을
의심 없이 믿어줌

기적!
일어날 수 없는 일이
분명히 일어남.

바람 부는 날

너는 내가 보고 싶지도 않니?
구름 위에 적는다

나는 너무 네가 보고 싶단다!
바람 위에 띄운다.

답답함

아무리 밥을 먹어도 배가 고프고
아무리 물을 마셔도 목이 마르다

멍하니 앉아서 하늘을 보기도 하고
바람의 말에 귀를 기울이기도 한다

내 가슴이 왜 이리 답답한 걸까?

한참 만에 네가 보고 싶어서
그런 것이란 것을 깨닫게 된다.

우정

고마운 일 있어도 그것은
고맙다는 말
쉽게 하지 않는 마음이란다

미안한 일 있어도 그것은
미안하다는 말
쉽게 하지 못하는 마음이란다

사랑하는 마음 있어도 그것은
사랑한다는 말
쉽게 하지 않는 마음이란다

네가 오늘 나한테 그런 것처럼.

인상

말랑말랑, 뭉클!

가슴이 싸아 하니
아프다가 씀벅
번지는 눈물

세상 어디에도
없는 신기루.

끝끝내

너의 얼굴 바라봄이 반가움이다
너의 목소리 들음이 고마움이다
너의 눈빛 스침이 끝내 기쁨이다

끝끝내

너의 숨소리 듣고 네 옆에
내가 있음이 그냥 행복이다
이 세상 네가 살아있음이
나의 살아있음이고 존재이유다.

환청

맑은 날 하늘에서
쏟아지는
해금의 소리

너 지금
어디에 있는 거냐?

추녀 밑 지시락에
바다 물빛 떨고 있는
붓꽃 한 송이

애타게 찾아 헤맨다.

우리들의 푸른 지구 · 1

내가 너를 생각하는 동안만
지구는 건강하게 푸르다

내가 너를 사랑하는 동안만
우주는 편안하게 미소 짓는다

오늘 비록 멀리 있어도 우리는
결코 멀리 있는 것이 아니다

푸르고 건강한 지구
그 숨결 안에서 우리들 또한 푸르다.

생각 속에서

자주 만나지 못해도 우리는
생각 속에서 언제나
함께 있는 사람들

동백꽃 피고 민들레꽃 피고
줄장미꽃 피었다가 지고
단풍잎 지고
눈이 날리는 그런 날에도

조금쯤
가슴은 아프겠지만.

까닭 · 2

나는 너에게 무엇을
줄 때만 기뻐하는 사람

나는 내가 준 것을 받고
기뻐하는 너를 보고
더욱 기뻐하는 사람

나에게 주는 기쁨을
알게 한 너에게 감사한다

내일도 너에게
줄 것이 있게 해달라고
하나님께 기도하는 까닭이다.

너를 위하여

여자 너머의 여자
오로지 귀여운 아이

꽃 너머의 꽃
오로지 어여쁜 사랑

산 너머의 산
하나뿐인 조그만 믿음

내일도 또 내일도
그러하기를…….

혼자서

무리지어 피어 있는 꽃보다
두셋이서 피어 있는 꽃이
도란도란 더 의초로울 때 있다

두셋이서 피어 있는 꽃보다
오직 혼자서 피어있는 꽃이
더 당당하고 아름다울 때 있다

너 오늘 혼자 외롭게
꽃으로 서 있음을 너무
힘들어하지 말아라.

어떤 문장

보고 싶다
보고 싶었다

내 일생을 요약하는
두 줄의 문장

말하고 나면 마음이
조금 풀리고

네가 내 앞에 와
웃어주기도 했었다.

까닭 없이

왠지 섭섭한 마음
네 얼굴 오래 보지 못해
그런가…

왠지 안타까운 마음
네 목소리 오래 듣지 못해
그런가…

멍하니 생각할 때
까닭 없이 나는 쓸쓸하고 또
목이 마르다.

안쓰러움

그 몸에 그 작은 몸집에
안쓰럽게 붙어 있다

짧고 통통한 팔 끝에 조그만 손
손끝에 또 올망졸망 손가락들

뭉퉁하고 짧은 다리에 조그만 발
발끝에 또 조롱조롱 발가락들

그 얼굴에 그 조막 얼굴에
이목구비 그리고 치렁한 머리칼

안쓰럽기만 하다.

문간에서 웃다

왜 왔느냐
문간에 서 있는 네가
너무 이쁘다

문득 나타난 꽃인가
네가 웃을 때
차라리 눈을 감는다

언제든 잠시 머물다
가게 마련인 너
서둘러 떠나는 너

가거라 가서는
다시는 오지 말거라
그래도 너는 웃는다.

순간순간

순간순간
이별하면서 산다

언제 다시
만날 수 있을까 우리

큰 눈을 더욱 크게 뜨고
울먹이기도 하면서

날마다 처음이자
마지막인 목숨

사랑하는 마음 따라서
깊어지는 슬픔

순간순간 이별이
밥이고 또 술이다.

의자

결코 아름답지 않은 세상
너 한 사람으로 하여
아름다웠다

저만큼 나 다녀오는 동안 너
그 자리 지켜서 좀
기다려줄 수 있겠니?

옆얼굴

난해한 문장
무엇을 썼는지
판독하기 어렵다

무덤덤하다
때로는 두렵기도 하고
저 사람이 아니었는데…
싶기도 하다.

눈부처 · 1

알른알른 간지럽다
아슴아슴 보고 싶다

볼 때마다 두 눈으로
사진 찍고 찍어도
갈급한 느낌, 그 밑바닥

다시 두 눈에
눈물이 어려
무지갯빛.

둘이 꽃

너의 기도 속에 내가 있음을
내가 모르지 않듯이
나의 기도 속에 네가 살고 있음을
너도 또한 모르지 않을 것이다

둘이 꽃이다.

별들도 아는 일

너의 생각 가슴에 품고
너를 사랑하는 한
결코 나는 지구를 비울 수 없다

나무들이 알고
별들도 아는 일이다.

그래도 남는 마음

몸보다 마음을 더 많이
써먹고 가고 싶다

보고 싶은 마음으로 꽃을 피우고
그리운 마음으로 구름을 띄우고
안쓰러운 마음 서러운 마음으로
별들을 더욱 빛나게 하고

그리고도 남는 마음 있거든
너에게 주고 가고 싶다.

그래도

나는 네가 웃을 때가 좋다
나는 네가 말을 할 때가 좋다
나는 네가 말을 하지 않을 때도 좋다
뾰로통한 네 얼굴, 무덤덤한 표정
때로는 매정한 말씨
그래도 좋다.

부끄러움

앞으로 내민 손을
잡을 수 없어요

얼굴 마주하기
부끄러워 그렇고요
남이 볼까 그렇지요

그 대신 등 뒤로 내미는 손
잡아 드릴게요

그것이 제 믿음이고
제 마음의 표현이에요.

불평

그 애는 작은 키를 불평하고

작은 눈을 불평한다

굵은 다리를 불평하고

짧은 손가락 발가락

조그만 발을 불평한다

때로는 제 검은 머리칼까지 불평하여

갈색 물감을 칠하기도 한다

손톱과 발톱에 초록색

매니큐어를 칠하기도 한다

그러나 나는 그 애가 너무나도 이뻐서

간질간질해지는 가슴을 숨기며

짐짓 화난 표정을 짓는다

왜 그렇게 쏘아보시는 건데요?

당돌한 그 애의 한마디 말에 찔끔해지는 나

그 애가 가장 많이 불평하는 사람은 바로 나다.

파도

바위는 언제나 그 자리
그대로 있지만
파도는 저 혼자 애가 타서
거품을 물고 몰려와서는
제 몸을 부수고
산산조각으로 죽는다

오늘 너를 두고 나의 꼴이다.

곡성 가서

전화 걸었을 때
화내는 목소리 아니어서 다행이야
웃음소리 들려줘서 고마워

여기는 곡성
멀리까지 와서 푸른 바람
푸른 수풀
섬진강 물소리도 들리는 곳

네 생각 자주 오락가락
비구름 되어 산 위에 걸린다.

너 하나의 꽃

만나면 짧은 키
쌩동한 표정
언제나 섭섭하고

전화 걸면 네, 겨우 한마디
그것도 잘라먹는 말투
어쩐지 짠한 마음

그래서 마음을 불러 세우는 건가?
세상에는 없는 꽃
안쓰러운 오직 너 하나의 꽃.

산행 길

미안하다
내가 너를 너무 좋아해서
귀찮게 해서 힘들었지?
나도 네가 좀 싫어졌으면 좋겠다

이것이 오늘 나의 과업
내가 올라갈 산이다.

너를 두고

세상에 와서
내가 하는 말 가운데서
가장 고운 말을
너에게 들려주고 싶다

세상에 와서
내가 가진 생각 가운데서
가장 예쁜 생각을
너에게 주고 싶다

세상에 와서
내가 할 수 있는 표정 가운데
가장 좋은 표정을
너에게 보이고 싶다

이것이 내가 너를
사랑하는 진정한 이유
나 스스로 네 앞에서 가장
좋은 사람이 되고 싶은 소망이다.

어설픔

끝내 길들여지지 않는
너의 수줍음
너의 어설픔

언제나 배시시 웃을 뿐인
너의 절반웃음
그것을 사랑한다

결코 길들여지지 않기로 하는
너의 수줍음이 순결이다
한결같이 엷은 표정

너의 어설픔이 새로움이다
애야, 부디 길들여지지 말거라
누구한테든 길들여져서는 안 된다.

함께 여행

오늘이 이 세상 마지막 날이다
하고
너를 본다

오늘이 이 세상 첫날이다
하고
너를 본다

언제나 너는 이 세상
첫 사람이고
마지막 사람

돌아오는 비행기 안에서
곤하게 잠든 너
훔쳐보기도 했단다.

핑계

못생겨서 예뻤다
못생겨서 사랑스러웠다
못생겨서 끝끝내
잊혀지지 못했다.

너를 찾는다

너 어디 있느냐?
많은 사람 속에서 너를 찾는다

너 왜 없느냐?
많은 꽃들 속에서 너를 찾는다

어디든 있고
어디든 없는 너!

사람 속에서 꽃이고
꽃 속에서 사람인 너!

너는 오늘 너무 많이 있고
너무 많이 없다.

인생

어디서 길을 잃었느냐
따져 묻지 마세요
다만 구경 좀 했을 뿐
모두가 내 탓이에요
그냥 잊어주세요.

바다 같은

날마다 봐도 좋은 바다
날마다 만나도 정다운 너
바다 같은 사람
참 좋은 내게는 너.

서로가 꽃

우리는 서로가
꽃이고 기도다

나 없을 때 너
보고 싶었지?
생각 많이 났지?

나 아플 때 너
걱정됐지?
기도하고 싶었지?

그건 나도 그래
우리는 서로가
기도이고 꽃이다.

어여쁨

무얼 그리 빤히 바라보고
그러세요!

이쪽에서 보고 있다는 걸
안다는 말이다

제가 예쁘다는 걸
제가 먼저 알았다는 말이다.

우리들의 푸른 지구 · 2

사랑한다는 말 대신에 하는 말
우리 오래 만나자

사랑하겠다는 말 대신에 하는 대답
우리 함께 오래 있어요

날마다 푸른 지구
내일 더욱 푸른 지구

오늘은 네가 나에게 지구이고
내가 너에게 지구이다.

우리들의 푸른 지구 · 3

너의 목소리 출렁
하늘바다에 물결을 일으키고

너의 웃음 고웁게
지구의 마음에 무늬를 만들고

너의 기도 두 손을 모아서
우주의 심장에 붉은 등불을 밝힌다.

블루 실 아이스크림

울컥울컥 녹는 인생이 마냥
서럽고도 안타까워 눈물겨웠다

너와의 만남 또한
한여름 날의 눈사람

순간순간 아쉽고도 서러워 그것은
찬란하도록 눈물겨운 것이었다.

청사과

아이인가 하면
어른이고
어른인가 하면
아이다

눈길이 멈추지 않는다
마음이 떠나지 않는다
생각이 시들지 않는다

그래, 좋다
오늘은 네 앞에서
나도 아이이고
또 어른이다.

설레임 · 1

바람이 분다
설레는 마음

새가 운다
더욱 설레는 마음

저만큼 네가 웃으며 온다
설레다 못해 춤추는 마음

이렇게 설레임이 삶이다
설레임이 길이다

아니다 네가 나의 길이다
무작정 살아보는 거다.

설레임·2

그쪽의 마음이 이쪽에 와 있고
이쪽의 마음이 그쪽에 가 있는 한
둘이되 둘이 아니고
하나이되 하나가 아닌 그 무엇!

아직은 이름 없는 어린 꽃이거나
별이거나 그럴 것이다.

새초롬한

문득 낯설고 새롭다
저게 누굴까!

네 손목에 금빛 시계가 새롭고
네 귀에 달린 은빛 귀걸이가 낯설다
새초롬한 너

맨 처음 보는 사람만 같다
더욱 새초롬한 너
도대체 너는 누구냐!

가을이라도 아침이 시키는 말이다.

꽃과 별

너에게 꽃 한 송이를 준다
아무런 이유가 없다
내 손에 그것이 있었을 뿐이다

막다른 골목길을 가다가
맨 처음 만난 사람이
바로 너였기 때문이다

밤하늘의 별들을 바라본다
어둔 밤하늘에 별들이 빛나고 있었고
다만 내가 울고 있었을 뿐이다.

여행의 끝

어둔 밤길 잘 들어갔는지?

걱정은 내 몫이고
사랑은 네 차지

부디 피곤한 밤
잠이나 잘 자기를……

떠남

언제쯤 떠날 거냐 물었을 때
그 애는 화를 냈다

언제까지 있을 거냐 물었을 때
그 애는 짜증을 부렸다

그러면서도 오래 그 애는
떠나지 않았다

그렇게 여러 해 비비추꽃 보랏빛
옥잠화 하얀빛을 함께 보았다

정작 떠날 때 그 애는 말이 없이
그냥 떠나기만 했다

떠남이 말이었고
나도 또한 별 말이 없었다.

망각

보고 싶다
하루 이틀 사흘
그리고 또 몇 날

구름 위에 쓰다가
개울물 위에 쓰다가
풀잎 위에 쓰다가

봉숭아꽃이랑 분꽃이랑
채송화랑 외우다 외우다가
바장이다가

그만 잊어버리고 말았다.

하늘 아이

너 누구냐?
꽃이에요

너 누구냐?
나, 꽃이에요

너 정말 누구냐?
나, 꽃이라니까요!

꽃하고 물으며 대답하며
하루해가 짧다.

어린 봄

어린 봄은 나뭇가지 위에
새 울음 속에

더 어린 봄은
내 마음 위에

오늘도 나는 너를 바라보며
이렇게 울먹이고만 있다.

조용한 날

나는 네가 좋은데
너도 내가 좋으냐!

하늘 구름에게 말해보고
화분의 꽃들에게도 물어본다.

제발

목숨을 달라면
선뜻 못 주겠지

그러나 네가 달라 그러면
무엇이든 줄 수 있다
하나밖에 없는 것이라도
줄 수가 있다

아직은 때가 아니니
목숨만은 제발
달라 그러지 말아다오.

허튼 말

이 세상에
나 없다고 생각해봐

그때 네가
얼마나 힘들겠어?

그때를 생각해서
미리부터 잘 해줘

가끔은 허튼 말로
으름장을 놓기도 한다.

감사

살아서 숨 쉴 수 있음에 감사
너를 만날 수 있음에 감사
목소리 들을 수 있음에 또다시 감사
사랑할 수 있음에 더욱 감사

하나님한테 용서받을 수 있음에
더더욱 감사.

사랑

오래 함께 마주 앉아서
바라보는 것

말이 없어도 눈으로 가슴으로
말을 하는 것

보일 듯 말 듯 얼굴에
웃음 머금는 것

그러다가 끝내는 눈물이 돌아
고개 떨구기도 하는 것.

앵초꽃

바라보기만 해도
가슴이 아프고

생각만 해도
눈물 맺혔다

도대체 너는
어디에 숨었다가

이제야 내 앞에
나타난 것이냐……

안아보기도 서러운
내 아기 내 아씨.

아침의 생각

하늘이 내게 그러실 리가 없다
땅이 또 내게 그러실 리가 없다
숨도 잘 쉬게 해주실 것이고
잠도 잘 깨게 해주실 것이다
분명히 좋은 하루를 마련해주실 것이다

하물며 내가 사랑하는 자
너한테서랴!

내일도

날마다 보고 싶다
다만 그립다

날마다 생각난다
안절부절

내일도 그럴 것이다
다만 잊지 않을 것이다.

여러 날

마음을 보여줄 수 없어
시를 보여주고
여러 날

마음을 다 줄 수 없어
선물을 고른다
오래오래

오해 없었으면 좋겠다.

휘청

너를 보면
볼 때마다 휘청!
비틀거린다

쓰러질 듯 쓰러질 듯
쓰러지지 않는
피사의 사탑

그런 나를 보고 너는
저의 미모에 반해서
그런 거라며 농을 놓는다

또다시 휘청!
마음속 바다가
한쪽으로 기운다.

새해

아무리 나이를 먹어도
너는 어린 것
다만 안쓰럽고 가여운 아이

그런 마음을 위해
어린 장미는 피어나고
아버지도 있고 딸도 있을 것임

문득 세상이 새롭게 밝아온다.

근황

요새
네 마음속에 살고 있는
나는 어떠니?

내 마음속에 들어와
살고 있는 너는 여전히
예쁘고 귀엽단다.

첫눈 같은

멀리서 머뭇거리기만 한다
기다려도 쉽게 오지 않는다
와서는 잠시 있다가 또
훌쩍 떠난다
가슴에 남는 것은 오로지
서늘한 후회 한 조각!

그래도 나는 네가 좋다.

모를 것이다

조금은 수줍게
조금은 서툴게
망설이면서 주저하면서
반쯤만 눈을 뜨고 바라본 세상

그것이 사랑인 줄
너는 지금 모를 것이다

나중에도 또 나중까지도
알지 못할 것이다
세월이 많은 것들을
데리고 갔으므로.

시로 쓸 때마다

지구는 우주 속에서
하나밖에 없는
푸른 생명의 별

나는 또 지구 가운데서도
한국이라는 나라에 사는
시 쓰는 한 사람

너는 또 내가 사랑하여
시로 쓰기도 하는 오직
한 사람 여자

내가 시로 쓸 때마다 너는
나의 푸른 중심이 되고 끝내
우주의 중심이 되기도 한다.

눈빛

눈빛이 달라졌다 그런다
짐스럽다 그런다
사람을 뚫고 지나가는 눈빛
사람 마음을 후비는 눈빛
더러는 사람을 끌어당기는 눈빛
가운데서도 나의 눈빛은
울면서 매달리는 눈빛
왜 안 그러겠니?
늘, 오늘 이것이 마지막이다 싶은데.

매직에 걸리다

버르장머리 없게 또 반말이다 반말
음, 음, 응…
기분이 좋아지면 더 심해지는 반말
그래도 기분이 나쁘지 않다
너의 반말은 하나의 신세계

반듯한 경어가 수직의 언어요
의사소통이요 하나의 거래라면
버르장머리 없는 반말은 수평의 언어요
감정의 공유이거나 소통, 나아가
사랑이거나 믿음이거나 감동 그 자체

그래, 그래, 네 멋대로 하려무나
음, 음, 응…
그래서, 그래, 그랬는데
너의 반말을 들으며 점점
기분이 좋아지는 나는 또 뭐냐?

찻잔에

반쯤 비어 있는 찻잔에
흰 구름을 가득 부어
마시면 어떨까?

더 많이 비어 있는 찻잔에
새소리며 바람소리를 채워
마시면 어떨까?

일찍이 물이었던 나
바람이고 새소리이고
수풀이었던 너

점점 몸과 마음이 가벼워져서
하늘 위에 둥둥 떠오르겠지

우리들 사랑에서도
새소리가 들리고 수풀을 흔드는
바람소리라도 들리면 어떨까.

별, 이별 • 1

운명은 언제나 빗나가기 마련이지만
별은 언제나 있고 반짝이기 마련이다
구름 너머 햇빛 너머 오직 어둠에 갇혀서만
존재를 밝히기 마련인 사랑
인간의 어리석음과 뜨거움
그리고 차가움

하루만 잊고 살아도 깡그리 낯설어지고
이틀이 지나면 더욱 멀어지다가
제가 생각 내키면 언제든
칼날처럼 날카로운 눈빛으로 나타나
나 여기 있어요 왜 몰라보시는 거예요
채근하는 개구쟁이 귀여운 아이

너무나도 늦게 당도한 이브여
독충의 애벌레처럼 말랑말랑
귀여운 손가락이여 발가락들이여
한 마리 뱀처럼 재빠르고도 교활한
몸뚱아리여 사랑스런 문신이여

올 것이 드디어 온 것이다
와야 할 것이 오는 것이다
그나저나 보지 못해서 어쩌나?
짠득한 그 목소리 듣지 못해 어쩌나?
오래 동안 나의 별은 숨조차 쉬지 못하고
어둠 속에 눈빛조차 빛내지 못할 것이다.

별, 이별 · 2

못생긴 것이
못생긴 것이

저렇게도 못난 것이
그래서 귀엽고
사랑스럽던 것이

날마다 반짝이고 있었고
우리는 또 날마다
멀어지고 있었구나.

별, 이별 • 3

참 이상도 하지
네가 빵을 먹고 싶다 생각하면
내가 배가 고파져서
고대 밥을 먹었는데도
빵집에 가서 빵을 산다

금방 구워낸 빵
될수록 부드럽고 촉촉하고
향기로운 빵
네가 먹고 싶어 하는 바로 그 빵이다

참 이상도 하지
네가 멀리서 찜끔 내 생각을 조금 해주면
나는 더욱더 멀리서
네 생각을 하면서
훌쩍이기 시작한다

나의 눈물은 드디어 유리구슬
쉽게 깨어져서
사라지는 유리구슬
하늘로 날아가 하나하나
별이 된다

너의 창가에 밤마다 찾아와
반짝이는 별이 있다면 그것은 또
하나하나 나의 외로움과
눈물인 줄 알 일이다.

어제의 일

그러게 말이야 그것도 모르고
허탕 쳤지 뭐냐
어제 너 머리 잘라
깎은 밤톨같이 예뻤단다
더 오래 보지 못한 게
어제의 아쉬움이랄까.

*노트 어제 하루 별 탈 없이 아쉬움 없이 보낸 하루. 아침에 생각해보니 어제도 너를
더 오래 보아두지 못한 게 아쉽고 섭섭해. 겨우내 치렁했던 머리칼 오는 봄과 함께
싹둑 잘라낸 산뜻한 모습. 물에서 금방 건져낸 조약돌 같았다 할까. 깎은 밤톨처럼
새하얗고 야무딱스럽던 너의 모습. 오래 보지 못하고 해가 저물고 헤어진 것이 마냥
안타까워. 이렇게 우리는 안타깝게 헤어지면서 날마다 죽어가네 살아간다네.

전화

별 일 없니?
네

별 일 없어?
네, 없어요

정말 별 일 없니?
아무 일도 없다니까요

정말 별 일 없는 거니?
네, 별 일 있어요

뭔데?
자꾸 이렇게 전화 걸고 그러시는 거.

눈부처 · 2

내 눈 속에 네가 있고
네 눈 속에 내가 있다

호수가 산을 품고
산이 또 호수를 기르듯

네 맘 속에 내가 살고
내 맘 속에 네가 산다.

하루만 못 봐도

하루만 못 봐도
너 지금 어디서 뭐하고 있니?
붉은 꽃을 보고 말하고
하얀 꽃을 보고 말한다

붉은 꽃은 보고 싶은 마음
하얀 꽃은 그리운 마음
네 앞에 있는 꽃을 좀 봐
꽃 속에 내 마음이 있을 거야

너 지금 어디서 뭐하고 있니?

기도의 자리

눈물 나리
하늘의 별 하나 밤을 새워
나를 보고 반짝인다
생각해봐

눈물 나리
어딘가 나 한 사람 위해
누군가 울고 있다
생각해봐

처음부터 기도는
거기에 있었다.

미루나무

바람 부는 날에도
흔들리지 않음은
마음속에 네가 들어와
살기 때문

아니지

바람 불지 않는 날에도
혼자 몸 흔들며 울고 있는
키 큰 미루나무 한 그루
키우고 있기 때문.

스스로 선물

너를 사랑하여 나는
마음이 많이 가난해지고
때로 우울하고 슬프기까지 하다

기다리는 시간이 많아졌고
고개 숙여 혼자서 하는
생각 또한 많아졌다

그렇다 해도
그것이 정녕 그렇다 해도
어쩔 수 없는 일

아침 해가 갑자기 눈부시고
저녁에 지는 해가 문득 눈물겨워지고
아침 이슬이 더욱 맑아 보인다는 것!

그것은 보통의 일이 아니다
그것은 오로지 너를 사랑하여
스스로 받는 마음의 선물이니까.

꽃나무 아래

1
어느 강을 건너서
다시 너를 만나랴
어느 산을 넘어서
우리 다시 사랑하랴

가지 마 가지 마
꽃 피는 나무 아래
나 혼자 두고 가지 마
제발 가지 마라.

2
꽃 지는 나무 아래
내 이름 부르지 마요
가슴 아파 갈 길 못 가요

누군가 또 조그만 목소리로
흥얼거리고 있다

나 같은 사람 다시는
만나지 못할 거예요
그럴 거예요.

사랑의 힘

어찌 세상의 모든 바람과 구름을
가둘 수 있으며
세상의 모든 강물과 산맥과 꽃들을
옮길 수 있단 말이냐

보시기에 좋았더라!
하나님 일찍이 하신 말씀
오늘 나는 한 말씀 보탠다
그 음성이며 웃음소리
듣기에도 매우 좋았더라!

누군가 울고 있다

누군가 울고 있다
나무 건너편
나무 더 건너편에서

산수유 꽃이 폈다고
이슬비 봄비에
산수유 꽃이 젖는다고

누군가 따라서 울고 있다
나무 이편
나무 더 이편에서

매화꽃이 진다고
이슬비 봄비에
지는 매화꽃도 젖고 있다고.

어린 시인에게

너를 사랑한다
너를 사랑함으로
네가 여기보다 더 좋아하는 곳으로
홀로 떠남을 허락한다

더욱 너를 사랑한다
더욱 너를 사랑함으로
네가 나보다 더 사랑하는 사람들과
더불어 살아감을 기뻐한다

한 가지 부탁은 나 없는 하늘
땅 위에서 살면서
가끔은 나도 기억해 달라는 것!

밤하늘을 우러를 때 거기
눈물 어린 별 하나 있거든
아직도 너를 사랑하는
내 마음이거니 짐작해 다오.

송별 • 1

보고 싶어 어쩌나
그 목소리 웃음소리
듣고 싶어 어쩌나
꽃들이 모두가 너의 얼굴
새소리 물소리가
모두가 너의 음성

바람이여 바람이여
내 말을 좀 전해다오
별빛이여 별빛이여
그의 발길 비춰다오
나 여기 잘 있다고
내 말 좀 전해다오.

송별 • 2

그래도 마음이 있었다면
정다운 마음 좋았던 마음
때로는 그리운 마음이라도 조금 남았다면
가면서, 가면서 뒤가 돌아보아질 거야

그렇지만 말이야
가는 사람은 가는 사람이고
남는 사람은 남는 사람이란다
까닭이나 핑계가 따로 있을 수 없지

외롭고 아프고 쓸쓸한 것도 말이야
그것도 그 사람 몫일 뿐인 거란다.

벚꽃 이별

하늘 구름이 벚꽃나무에 와서 며칠
하늘 궁전이 되어서 또 며칠
부풀어 오르던 마음
세상을 다 가진 것 같은 마음
사랑이었네 그것은
나도 모르게 사랑이었네

바람 불어와 하늘 궁전 무너져 내려
꽃비인가 눈인가 날리는 마음
잘 가라 잘 살아라
나는 울어도 너는 울지 말아라
별이 되어 꽃이 되어
만날 때까지 우리 다시 그때까지.

별것도 아닌 사랑

사랑 그것, 별것도 아니다

어색하게 손을 잡고 있을 것도 없이
다만 한자리 마주 앉아
가볍게 이야기를 나눈다든가 웃는다든가
그러다가 두 눈을 마주 보며 눈물 글썽이기도 하는 것
그보다 더 큰 것이 아니다

사랑 그것, 멀리 있는 것도 아니다

온다고 하고는 쉽게 나타나지 않는 시간
지루하게 기다리면서 가슴 졸인다든가
문득 네가 문을 열고 얼굴 내밀 때
가슴 덜컥 내려앉으면서 반가운 마음
그것에 더가 아니다

혼자 길을 가다가 구름을 보았다든가
바람에 몸을 흔드는 나무를 만났다든가
빈 하늘을 그냥 멍하니 우러를 때
까닭도 없이 코허리가 찌잉해지면서
눈물이라도 번진다면 그것이야말로
가슴속에 사랑이 집을 지었다는 증거

그렇다면, 그렇다면 말이다
사랑 그것은 별것이 아닌 것도 아니다.

그리고

다시는 만날 수 없다는 것
얼굴도 보지 못하고
목소리도 듣지 못한다는 것
웃으며 이야기 나누지도 못하고
음식도 함께 먹을 수 없다는 것
악수도 하지 못하고
머리칼도 쓸어줄 수 없다는 것

그리고
그리고

보고 싶은 마음도 조금씩 작아지고
생각까지도 흐려지고 말 것이라는 것
그것을 또 못내 슬퍼하는 것이다.

생각 속에

그쪽의 생각이
이쪽에 와 있고
이쪽의 생각이
그쪽에 가 있다면
그것은 이미 사랑입니다

나이를 넘어
거리를 넘어
사는 처지를 떠나.

바다

좁은 골짜기가 오히려 넓고
얕은 수심이 깊고도 부드럽다
푸르른 조망, 그 위로
세상의 온갖 소문이 모여들지만
오히려 오염되지 않는 순수가 있다
날마다 낡은 해를 데려가고
새롭고도 어린 해를 낳아주시는
모성
달도 또한 그렇게 한다.

선물 · 2

비밀이 하나씩 늘어간다
너의 귓불에 대한 비밀
너의 손가락과
목에 대한 비밀
너의 팔목에 대한 비밀

결국은 조금씩 신뢰가
자라고 있다는 말이다
내 마음이 네 입술에 가서
살고 있을 것이라고 믿는
그 어리석음

끝내 감당하지 못한다.

선물가게 • 2

너는 나의 강아지
너를 위하여
강아지 목걸이를 고르고

너는 나의 장미꽃
다시 너를 위하여
장미꽃 귀걸이를 고른다

그렇다면 나는 너에게
무엇이냐?

슬이의 애기

늙은 지구를 새롭게 만드는 재주를 가지고 있는 건
새싹들뿐이다
봄 되어 언 땅을 비집고 나오는 새싹들을 보라
새싹 하나하나가 이고 있는 눈부신 지구를 보라
그 지구 위에서 일 년치의 생업이 열리고
축복이 생기고 꽃들은 터지고 씨앗도 맺힌다

늙은 사람을 새롭게 바꾸는 비밀을 알고 있는 건
새 애기들뿐이다
엊그제는 슬이가 애기를 안고서 왔었다
슬이의 항아리 뱃속에서 열 달 동안 살았다 나온 녀석이다
새사람 그 어떤 사람보다 깨끗하고 어여쁜 사람
그 사람에게 빛나는 지구, 아름다운 내일의 신뢰가 있다

애기는 슬이의 품에 안겨서
쌔근쌔근 잠을 자고 있었다.

이별 사랑 • 1

– 혼자서

잘 있노라는 말
별일 없다는 소식에도
괜스리 마음이 설레어

혼자서 하늘을 보며
눈물 찔끔 눈썹 깜짝이는
그런 날들이 있었다.

이별 사랑 · 2

– 떠나는 너에게

사랑한다고 언제까지나
함께 있을 수 있겠나
더 넓은 세상 더 좋은 사람
찾아서 떠나는 너
영광 있으라 평안 있으라
두 손 모아 빌고 비노라

사랑하기에 보낸다는 말
너로 하여 다시 배운다
보내는 것도 사랑이요
떠나는 것도 사랑
가서 부디 웃으며 잘 살아라
두 손 모아 빌고 비노라.

이별 사랑 · 3

– 어떤 나무

나 여기 잘 있어요
당신 여전히 내 생각
하고 있나요?

바람 불 때마다
몸으로 울어 마음을
전하는 나무가 있다.

이별 사랑 • 4

– 손을 흔든다

고마워요 고마워요
사랑해줘서 고마워요
곁에 있어줘서 고마워요
힘든 날 오래 어려운 날들
지켜봐줘서 정말 고마워요
잊지 않을 거예요
오래 생각날 거예요
고마워요 고마워요.

이별 사랑 · 5

– 늦여름의 저녁시간

올해도 여름은 기울어
문 닫고 불을 켜야 하는데
마당의 분꽃들 너무 예쁘고
분꽃 향기 하도나 은은하여

차마 문 닫지 못하고
불도 켜지 못하고
밀물져 들어오는 어둠을 보며
기대어 문간에 서 있는 나!

이런 나를 너는
짐작이나 할는지 모르겠다.

이별 사랑 • 6

길 가다가 멈춰
채송화에게 말을 걸었다

보고 싶다, 너는
내가 보고 싶지도 않니?

채송화 꽃잎은 다섯 장
저도 보고 싶어요

내 마음도 붉고
채송화 꽃잎도 붉다.

이별 사랑 · 7

– 물망초

꽃 같지도 않은데
꽃이네, 물망초

실연당하지 않았는데도
실연당한 것 같은 날

아이야 아이야
나도 좀 보아다오

꿈꾸듯 머언 하늘빛
작은 꽃하고 논다.

이별 사랑 · 8

- 보고 싶은 날

너는 내가 하나도
보고 싶지도 않은가 봐
나 몰라라 빈 하늘에
동동 떠나가는 흰 구름

어여쁜 이마여 그 아래
검고도 고운 눈썹이여
두 채의 맑은 호숫물
웃음을 머금은 붉은 입술이여

나는 이렇게 울고 싶단다.

이별 사랑 · 9

- 그런 사람으로

가을에도 생각나는 사람
생각 속에서는 언제나
어리고 귀엽고
사랑스럽기만 한 사람
나도 너에게 늘
기억나는 사람이기를.

이별 사랑 · 10

— 하늘을 보며

저 구름 아래
이 바람 속에

가끔은 꽃으로 피어나고
가끔을 하늘 보며 기도도 하고

너 어디에 살든지
잘 살아라

눈부신 햇빛 아래
반짝이는 맑은 이마여

맑은 물 철렁
깊고도 푸른 눈빛이여.

이별 사랑 · 11
– 지구를 떠나는 날

나 먼저 지구를 떠난다
아름다웠던 지구
지구처럼 사랑한 너

너를 지구에 남기고 떠난다
멀리서 보면 지구가
푸른빛으로 보인다지

푸른빛 지구를 만나거든
네가 지구에서 아직도
나를 생각하며 잘 살고 있겠거니
생각하마.

이별 사랑 · 12

– 지평선

가라
너 가고 싶은 곳으로

가면서
뒤돌아보지는 말아라.

이별 사랑 · 13
– 전화를 놓치고

전화를 놓쳤네
그만

목소리라도
듣고 싶었는데

보고 싶고 또
보고 싶은 날.

이별 사랑 · 14
– 좋은 말

사랑합니다

그보다 좋은 말은
지금도 생각합니다

더 좋은 말은
우리 오래 만나요.

이별 사랑 · 15

– 눈으로 오는 사랑

내 눈을 좀 보아라
피하지 말고 오래
들여다보아라

내 눈 속에
네가 있을 거다
내가 사랑한 너의 모습

문득 눈물이라도 고이겠지?

그렇지만
고개를 돌리거나
소리 내어 울지는 말아라

마음속으로 지긋이
그 눈물 누를 때 너에게
사랑의 기쁨이 올 것이다.

이별 사랑 • 16

– 멀리 기도

꽃 속에 네가 보인다
웃고 있는 얼굴

구름 속에 네가 보인다
어딘가를 보고 있는 얼굴

바람 속에 네가 보인다
눈을 감고 있는 얼굴

우리 공주님 오늘도
잘 있거라 기도하며 산다.

이별 사랑 • 17

— 둘이서

네 마음속에 내가 살고
내 마음속에 네가 살면
우리는 두 사람이 한 사람

꽃이 아니면서 꽃이고
달과 별 아니면서
달과 별이네

떠나지 말아라
내 마음속의 너
내보내지 말아다오
네 마음속의 나

꽃이 아니면서 우리는
둘이서 웃고
달과 별 아니면서 우리는
둘이서 반짝이네.

이별 사랑 · 18

– 나는 지금도 네가 보고 싶다

너는 내가 보고 싶지도 않니!
나는 흰 구름 보고
나무들 보고
꽃을 보면서
흰 구름이 너인가
나무가 너인가
꽃이 너인가
이렇게 흔들리며 떨고 있는데

너는 내 목소리가 듣고 싶지도 않니!
나는 새소리 듣고
물소리도 듣고
바람소리도 들으면서
새소리가 너의 목소린가
물소리가 너의 목소린가
바람소리가 너의 목소린가
이렇게 놀라며 울고만 있는데

너는 내가 보고 싶지도 않니, 정말
너는 내 목소리가 듣고 싶지도 않니, 정말.

이별 사랑 · 19

오동꽃 보랏빛 불 밝히는 5월은
아무 것도 하는 일 없이 문 열어 놓고
두 손으로 턱을 고이고 하루 종일
혼자서 앉아 있고만 싶다

바람도 없는데 하늘 바다에
오동꽃 초롱 바르르 떨 때
내 마음도 떤다야 너 보고 싶어 그런다야
멀리 있는 너를 두고 말하고 싶다.

이별 사랑 · 20
– 소망

보고 싶다
보고 싶은 마음이
삶의 소망이요 능력인 줄
미처 알지 못했지

보고 싶다
오늘도 너는 보고 싶고
내일도 너는 보고 싶을 것이다.

이별 사랑 · 21

— 너의 바다

바라만 봐도
쓰러질 듯
생각만 해도
안겨올 듯

오늘은 나도 와락
너를 향해 쓰러지는
조그만 바다가
되어 볼까 그런다.

이별 사랑 · 22

- 서로가 꽃

내가 사랑하므로
네가 꽃이고
네가 생각하므로
나도 꽃이다

오늘 이렇게 우리는
서로가 꽃이고
서로가 잎,
나무줄기여서 좋다.

이별 사랑 · 23
– 오리엔탈

동그스름하고
가무스름하다

묵었지만 새롭고
깊지만 위태롭지 않다

안쓰러움이여
안쓰러움이여

그렇지만 너무 오래
집을 비워 두진 말아라.

이별 사랑 · 24

— 호의

너무 자주 이름 불러
이름이 닳아 없어지겠어요
이제 그만 부르세요

꽃 이름보다 좋은
이름이라구요?
그러면 계속 불러도 좋아요.

이별 사랑 · 25
– 재회

창 밖에 꽃들이
서둘러 무너지고 있다

오늘에 지는 꽃은
오늘에 지는 꽃

내일에는 또 다른
꽃들이 무너질 것이다

그날에도 여전히 나는
널 사랑할 거란다.

이별 사랑 · 26
— 용담꽃

가을이라 저절로 눈이 밝아서
심해선 밖 바다물빛
넘실대는 파도머리라도 보일 듯

가을이라 저 혼자 마음이 맑아서
하늘 향해 초롱꽃 입술
달싹달싹 무슨 말인지 하려고 할 듯

그런데, 그런데 애야,
너는 지금 어디에 있는 거냐?

이별 사랑 · 27
– 창밖에

흔들리지 않는 나무이기를
더러는 흔들리는
나무이기를

기침하지 않는 나무이기를
더러는 기침도 할 줄 아는
나무이기를

비바람 속에서 괴로워하면서도
즐거워하는 나무를 보면서
다짐해 본다.

이별 사랑 · 28

- 너 잘 가거라

그래 잘 가거라
너 잘 가거라
있을 때 좋았으니
헤어질 때도 좋겠지

그래 잘 가거라
너 잘 가거라
햇빛 밝은 길로
꽃길로 가거라

햇빛을 밟고
꽃잎을 밟고
예쁜 발걸음 고운 웃음
머금고 가거라.

이별 사랑 • 29

– 쪽지 글

나 죽으면 울어줄 사람 위하여
이 쪽지를 남긴다

나 죽어도 오래 잊지 않을 사람 위하여
마음을 담는다

너를 만난 것이 세상에서 가장 좋았던 일
널 사랑해서 고마웠고 행복했다

나 없는 세상에서라도 너무
힘들어 하지는 말아라

예쁘게 잘 살아라
하늘에서 내려다본다.

행운이었고 행복이었습니다

– 슬이의 편지

원장님, 안녕하세요? 예전엔 하루에도 여러 차례 편안한 마음으로 부르던 원장님이란 호칭인데 모처럼 불러보니 매우 낯설고 새삼스럽다는 생각이 듭니다. 그만큼 원장님과 멀리 산 날들이 길다는 걸 실감하게 됩니다. 그동안 자주 전화 드리고 편지 드리고 찾아뵙고 그래야 하는데 그러지 못해 송구한 마음입니다.

사람 사는 일이 무섭고 힘들다 엄마가 그러셨는데 정말로 하루하루 살아가는 일들이 힘들고 무섭다는 생각을 합니다. 늘 건강에 신경 쓰며 사시던 원장님 생각이 납니다. 요즘은 건강이 어떠신지요? 내일은 없다, 라고 말씀하시던 원장님이 생각납니다.

지금도 여전히 원장님은 활기차게 자전거를 타고 다니며 이것저것 사진도 찍고 시도 쓰고 그러시리라 믿습니다. 가끔은 저도 인터넷 검색란을 열어 원장님의 근황을 살피곤 합니다. 여전히 글을 발표하시고 여기저기 문학 강연도 다니시고 그러는 걸 확인할 수 있어서 고맙고 반가운 마음이었답니다.

함께 사는 오빠도 잘 있습니다. 자기 하는 일도 열심히 하고 변함없이 저를 많이 귀여워해주고 위해주고 그럽니다. 그리고 원장님이 이름 지어주신 우리 아라, 예쁜 딸도 잘 자라고 있습니다. 돌을 넘겨

이제는 제법 걸음마 연습이 한창이고 방긋방긋 웃는 모습이 얼마나 예쁜지 모릅니다. 예전에 저를 키우실 때 엄마의 기쁨이 이러셨을 것이라 짐작해보기도 합니다.

원장님 곁을 떠나온 지 2년밖에 되지 않는데 아주 많은 날들이 흘러간 듯 까마득한 느낌입니다. 어떤 때는 잠시 제가 꿈을 꾼 듯하기도 하답니다. 함께 지낼 때 원장님은 정말로 저한테 잘 해주셨어요. 지나칠 정도로. 그래서 가끔은 짜증을 내고 투정을 부리기도 했지요. 참 생각하면 그것도 아득한 일이고 원장님께 송구스런 마음입니다.

처음 원장님은 저에게 매우 근엄하고 무뚝뚝한 어른이었고 직장의 상사로 다가오셨습니다. 전에 교장선생님이셨고 시인이라는 점이 조금은 달랐습니다. 특별한 분이란 생각이 들기는 했습니다. 잡지 일을 하면서 가까워지기 시작했지요. 그러다가 아빠가 갑자기 돌아가신 일이 생기면서 원장님은 저에게 더 많은 관심을 주셨어요. 어떤 때는 우리 아빠 대역을 하는 듯하기도 했거든요. 그런 원장님이 좋기도 하면서 싫기도 했던 게 사실입니다.

무엇보다도 원장님의 눈빛이 달라졌습니다. 편안한 눈빛이 아니고 끈끈한 눈빛이었습니다. 늘 걱정스럽고 무언가를 애타게 생각하는 눈빛이었습니다. 그런 원장님의 눈빛을 우리는 레이저 광선이 나오는 눈빛이라고 했고 때로는 느끼한 눈빛이라고도 불렀지요.

원장님은 늘 저를 챙겨주셨고 선물을 자주 사주셨습니다. 제가 좋아하는 걸 어떻게 그렇게 잘 알고 사다 주시는지 신기하고 용하다는 생각이 들었습니다. 때로는 그런 원장님이 짐스럽고 귀찮기도 했던 게 사실입니다. 원장님과 늘 평화롭게 지낸 건 아닙니다. 가끔은 서로 갈등이 있기도 했지요. 무엇보다도 싫은 것을 자꾸만 받으라고 그러하실 때, 사진을 찍기 싫은데 사진을 찍자고 그러실 때가 제일 힘들고 싫었지요.

그렇지만 원장님은 저한테 늘 져주고 양보하려고 애쓰고 계셨다는 걸 제가 알지요. 나중에 원장님은 꼭 남자 친구처럼 저한테 대하기도 하셨어요. 그럴 때마다 제가 찔끔하곤 했지요. 그러면 원장님은 놀라서 다시금 원장님 자리로 돌아가곤 하셨지요. 참 이런 일들도 지금 와서 돌이켜보니 그리운 마음, 새로운 마음이 드네요.

정말로 원장님은 저에게 아빠 대신이었고 직장의 정다운 상사였고 또 함께 일하는 좋은 파트너였습니다. 그러나 그보다 더 원장님은 저에게 참 좋으신 원장님이었습니다. 원장님 곁에 있으면 배울 것, 생각할 것들이 많았습니다. 말씀하시는 것 한마디 한마디가 배울 것이었고 일하는 태도도 배울 것이었고 생각하고 세상을 바라보는 눈길 하나하나가 배울 만한 것들이었습니다.

제가 보다 일찍 원장님을 만났더라면 원장님처럼 글을 쓰는 사람이 되었을 것이란 생각을 해봅니다. 비록 늦게 원장님을 만났지만 원장님을 만나 글을 쓰고 잡지를 편집하는 일을 배워 실은 지금도 그런 일을 하면서 살아가는 걸 감사하게 생각합니다. 모두가 원장님 덕택입니다. 그런 점에서 원장님은 제 인생의 스승이라 할 수 있을 것입니다. 그렇지요, 원장님과 함께 있는 동안 가장 많이 배운 것이 인생이었으니까요.

제 말이 길었지요? 이제는 편지를 끝내야 하겠군요. 아라가 배가 고픈지 잠에서 깨어 우유를 달라고 보채며 웁니다. 원장님께서는 톨스토이 선생의 말을 빌어서 세상에서 가장 소중한 것은 첫째가 '지금 여기'이고, 둘째가 '옆에 함께 있는 사람'이고, 셋째가 '그 사람에게 잘 해주는 일'이라고 하셨지요. 그렇습니다. 그 평범한 진리를 요즘 저는 깨달으며 살아갑니다.

원장님, 앞으로도 오래 건강하시고 좋은 글 많이 세상에 남기세요. 그것이 원장님의 가장 큰 소원이라 하셨잖아요. 지난날 원장님이 선물을 사다 주시면 저는 언제나 이렇게 말했던 게 기억납니다. '잘 쓰겠습니다.' '예쁘게 쓰겠습니다.' 오늘은 그 말을 바꾸어 이렇게 말합니다. '원장님, 저 잘 살겠습니다. 그리고 예쁘게 살겠습니다.'

원장님, 다음 소식 전할 때까지 건강 조심하시고 편히 계십시오. 세상에서 원장님을 만난 것은 저의 행운이었고 원장님과 함께한 날들은 정말로 저에겐 행복한 날들이었습니다. 감사드립니다. 오늘은 이만 안녕히!

햇빛 부신 봄날에, 슬이